# PIERRE VEBER

# GONZAGUE

## COMÉDIE-VAUDEVILLE EN UN ACTE

PARIS-Iᵉʳ

P.-V. STOCK, ÉDITEUR

(Ancienne Librairie TRESSE et STOCK)

155, RUE SAINT-HONORÉ (PRÈS *la Civette*)

Dévant le Théâtre-Français

1906

# GONZAGUE

## COMÉDIE-VAUDEVILLE EN UN ACTE

Représentée pour la première fois, à Paris, au Théâtre
des Deux-Masques, le 5 novembre 1905.

# DU MÊME AUTEUR

## ROMANS

| | | |
|---|---|---|
| **Une Passade** (avec Willy) | 1 vol. | 3 50 |
| **L'Aventure** | — | 3 50 |
| **Chez les Snobs** | — | 3 50 |
| **Dans les coins** | — | 2 » |
| **Les Veber's** | — | 7 » |
| **La Joviale Comédie** | — | 5 » |
| **L'Innocente du logis** | — | 0 60 |
| **M. et M<sup>me</sup> Lhomme** | — | 3 50 |
| **Les Couches profondes** | — | 3 50 |
| **Amour!... amour!...** | — | 3 50 |
| **Les Tard-Venus** | — | 3 50 |

## THÉATRE

| | |
|---|---|
| **La Mariotte** (avec M. Soulié), 2 a. (*Théâtre Antoine*) | 1 50 |
| **Petit chagrin** (avec M. Vaucaire), 3 a. (*Gymnase*) | 2 » |
| **L'élu des femmes** (avec M. de Cottens), 4 a. (*Palais-Royal*) | 1 » |
| **Dix ans après** (avec M. Muhlfeld), 1 a. (*Odéon*) | 1 » |
| **Julien n'est pas un ingrat!** 1 a. (*Théâtre Antoine*) | 0 50 |
| **Lagourdette**, 1 a. (*Champ de Foire*) | 1 » |
| **Paroles en l'air** (avec M. Abric), 1 a. (*Funambules* | 0 60 |
| **Que Suzanne n'en sache rien!** 3 a. (*Théâtre Antoine*) | 2 » |
| **Main gauche**, 3 a. (*Théâtre Antoine*) | 2 » |
| **L'ami de la maison**, 1 a. (*Capucines*) | 0 60 |
| **Loute**, 3 a. (*Nouveautés*) | |
| **L'amourette**, 3 a. (*Théâtre Antoine*) | 2 » |
| **Chambre à part**, 3 a. (*Palais-Royal*) | 2 » |
| **Un bain qui chauffe**, 1 a. (*Théâtre Antoine*) | 0 60 |
| **L'affaire Champignon** (avec M. G. Courteline), 1 a. (*La Scala*) | 0 60 |
| **Blancheton père et fils** (avec M. G. Courteline), 1 a. (*Théâtre des Capucines*) | 0 60 |
| **La dame du commissaire**, 3 a. (*Cluny*) | 2 » |
| **Frère Jacques** (avec M. Bernstein), 4 a. (*Vaudeville*) | 2 » |
| **Florette et Patapon** (avec M. Hennequin), 3 actes (*Nouveautés*) | 2 » |

# PIERRE VEBER

# GONZAGUE

## COMÉDIE-VAUDEVILLE EN UN ACTE

PARIS. — I<sup>er</sup>

P.-V. STOCK, ÉDITEUR

**(Ancienne Librairie TRESSE & STOCK)**

155, RUE SAINT-HONORÉ, (près *la Civette*)

DEVANT LE THÉATRE-FRANÇAIS

1906

A

# PAUL CLERGET

# PERSONNAGES

GONZAGUE . . . . . . . . . . . . . . MM. Morton.
LE BRIZARD . . . . . . . . . . . . . .     Miller.
LA CHAMBOTTE. . . . . . . . . . . . .     Violette.
MOUCHEL. . . . . . . . . . . . . . . .     Saint-Paul.
TUQUET . . . . . . . . . . . . . . . .     Staquet.
POMMÉ. . . . . . . . . . . . . . . . .     Berry.
BON . . . . . . . . . . . . . . . . . .     Gréhan.
SIMÉON . . . . . . . . . . . . . . . . .     Girard.
L'EXTRA . . . . . . . . . . . . . . . .     Telo.
MADAME LE BRIZARD. . . . . . . . . Mᵐᵉˢ Paule Nancray.
MADAME MOUCHEL . . . . . . . . . .     Benedict.
MADAME TUQUET. . . . . . . . . . . .     Kock.
HENRIETTE. . . . . . . . . . . . . . .     Lepage.
GENEVIÈVE. ⎫ filles de Tuquet. . . .     Herland.
JULIE. . . . ⎭                          Preyval.
MARIE . . . . . . . . . . . . . . . . .     J. Delys.
MADAME BON. . . . . , . . . . . . . .     Leo.

_______

NOTA. — Pour les représentations en province il est possible de supprimer les rôles de L'Extra et de Siméon.

# GONZAGUE

Un salon bourgeois ; porte d'entrée à gauche, premier plan
porte deuxième plan ; au fond double porte donnant sur la
salle à manger ; porte à droite deuxième plan ; un piano droit,
à droite premier plan ; un canapé à gauche. Au lever du rideau, Gonzague à genoux, disparaît à moitié dans le buffet
du piano.

## SCÈNE PREMIÈRE

### L'EXTRA, MARIE, GONZAGUE.

L'EXTRA, dans la salle à manger.

Hé ! la bonne !

MARIE, préparant les fleurs.

Monsieur désire ?

L'EXTRA.

Je ne suis pas monsieur. Je suis l'extra de chez
Chamel et Poteau.

MARIE.

Ah ! Eh bien moi, je ne suis pas la bonne, je suis
la femme de chambre.

L'EXTRA.

Bon ! Dis 'donc ! Ils sont chics tes patrons ? Qu'est-
ce qu'ils font ?

MARIE.

Ils font dans la porcelaine.

L'EXTRA.

Mâtin !... C'est riche ici !... C'est cossu !

MARIE.

Ils ont hérité ça d'une tante qui était grande co-
cotte.

L'EXTRA.

Chouette ! on va carrer du Champagne.

Il va pour embrasser la bonne.

MARIE.

Prenez garde ! il y a l'accordeur !

L'EXTRA.

Bah... tous les accordeurs sont aveugles !

Il l'embrasse.

MARIE.

Et avec ça ?

L'EXTRA.

Tu me diras où on cache le cognac ici ! J'ai à lui
parler.

Il remonte.

MARIE.

Dans le baromètre ! (L'extra s'en va.) Il m'a fait
casser ma jarretelle ! (Secouant sa jambe.) Ça y est,
elle a craqué. Ah ! tant pis ! Je vais l'arranger.

Elle retrousse sa robe.

GONZAGUE, sortant du piano.

Ah ! mâtin ! la jolie jambe !

MARIE, baissant vivement sa jupe.

Comment, vous n'êtes pas aveugle ?

GONZAGUE.

Et je ne l'ai jamais moins regretté !

MARIE.

Je croyais, moi, que tous les accordeurs...

GONZAGUE.

Oh ! j'ai pris cette profession comme j'en aurais
pris une autre... Quel métier, hein ! taper sur une
note sans relâche et tourner une clef !... Il y a de
quoi devenir idiot ! à la longue. Voilà à quoi se con-
sume ma belle jeunesse. Est-ce que c'est juste ?

Il tape sur une note.

MARIE.

Non, c'est même très faux.

GONZAGUE.

C'est le sol. Gredin de sol... il ne veut pas rentrer
dans l'ordre... Ah ! mademoiselle Marie, je n'étais
pas né pour ça.

MARIE.

Je l'avais bien vu.

GONZAGUE.

A quoi ? à ma distinction naturelle ?

MARIE.

Non ! à ce que le piano est toujours détraqué !

GONZAGUE.

Cette casserole-là ne garde pas l'accord... Du
reste, c'est bien assez bon pour les Mouchel...

MARIE.

Dame, on ne s'en sert plus que pour faire danser.

1.

GONZAGUE.

Et... Il y a soirée chez ces Mouchel, aujourd'hui ?

MARIE.

Un grand dîner !

GONZAGUE, douloureux.

Un bon dîner, je parie !

MARIE.

Superbe... gibier... foie gras... croustade de homard !...

GONZAGUE.

Avec des truffes ?

MARIE.

Dans tous les plats... même dans le dessert !

GONZAGUE.

Ah !

MARIE.

Et de tous les vins... et du champagne.

GONZAGUE.

Ah !

MARIE, sortant au fond.

On dresse la table. C'est plein de fleurs... Venez voir.

GONZAGUE.

Non ! Non ! Assez !... C'est le supplice de Tantale. (Tapant sur le piano à coups de poing.) Tonnerre !... Tiens ! j'ai cassé une corde ! (Joyeux.) Deux francs de gagnés.

# SCÈNE II

### GONZAGUE, MOUCHEL, puis MADAME MOUCHEL.

**GONZAGUE.**

Les Mouchel mangent des truffes ! Misére ! Dans le Périgord on leur taperait sur le nez pour les leur faire lâcher.

**MOUCHEL, entrant.**

Eh bien, monsieur Gonzague ! Vous êtes lent, aujourd'hui.

**GONZAGUE.**

Je suis sur le sol. (A part.) Parvenu !

**MOUCHEL.**

Je vous dois ?

**GONZAGUE.**

Quatre francs... plus deux francs pour une corde cassée... Que je vais remettre. (Recevant l'argent.) Merci. (A part.) Gavé !

**MADAME MOUCHEL, entrant.**

Bonsoir, monsieur Gonzague, ça va bien ?

**GONZAGUE.**

Très bien, madame Mouchel ! Heureusement qu'on a la santé !

**MADAME MOUCHEL, à son mari.**

Je viens de jeter un coup d'œil à côté, c'est féerique.

MOUCHEL.

C'est mieux que chez les Tuquet ?

MADAME MOUCHEL.

Dix fois mieux !

MOUCHEL.

Bon ! Ils vont rager !

GONZAGUE, à part, remettant la corde.

Sales natures !

MADAME MOUCHEL, se retournant.

Plaît-il ?

GONZAGUE.

Rien, c'est le si que je tends !

MOUCHEL, à sa femme.

Je les soigne... A cause de notre Henriette ! Juge
donc ! si le riche vicomte La Chambotte allait enfin
se décider à épouser notre fille.

GONZAGUE, à part.

Ah ! c'est un dîner-traquenard.

MADAME MOUCHEL.

On dit que le vicomte est l'amant d'une femme
mariée.

MOUCHEL.

Oui. Je la connais (Bas.) la petite madame Le Brizard !

MADAME MOUCHEL, bas.

Ah mon Dieu ! Moi qui l'ai invitée ce soir avec
son mari !

MOUCHEL, haut.

Ça n'a pas d'importance, le vicomte en a plein le
dos, et veut la lâcher. Par exemple, tu as eu tort

d'inviter les Tuquet!... Si le vicomte allait s'échauf-
fer sur une des filles Tuquet !

MADAME MOUCHEL.

Pas de danger! Je les ai fait venir comme repous-
soir... Regarde plutôt notre Henriette ! est-elle gen-
tille !

MOUCHEL.

Si le vicomte ne s'emballe pas!


# SCÈNE III

### LES MÊMES, HENRIETTE.


HENRIETTE, entrant.

N'est-ce pas ! (Tendant une lettre.) On vient d'appor-
ter cette lettre pour toi.

MOUCHEL.

Merci.

Il lit la lettre avec sa femme.

HENRIETTE.

Eh bien, monsieur Gonzague! le piano est d'accord, maintenant ?

GONZAGUE.

Oui, mademoiselle! Désormais, s'il joue faux, il
ne faudra vous en prendre qu'à vous!

MOUCHEL, qui vient de lire.

Oh! quel ennui! Le général Moreau-Chandonneur
m'écrit qu'il ne peut pas dîner chez nous ce soir!

GONZAGUE, à part.

Tant mieux! Bien fait!

MOUCHEL.

Les Tuquet vont encore dire que nous n'avons pas de relations !

MADAME MOUCHEL.

Il faut bien qu'ils parlent! (A Henriette.) Fais enle-ver un couvert !

HENRIETTE, qui compte sur ses doigts.

Mais !... Mais alors !... le compte n'y est plus !

MADAME MOUCHEL, comptant.

Voyons ! Ton père, toi et moi... trois. Les Le Brizard et La Chambotte, six.

MOUCHEL.

Toute la tribu des Tuquet, le père, la mère et les deux bringues de filles qui font dix.

HENRIETTE.

Maître Pommé, onze ! Plus le président Bon et sa femme... Ça fait un mauvais nombre !

MOUCHEL.

Saperlotte ! Et La Chambotte qui est superstitieux ! Ça le disposera mal ! Que faire !

HENRIETTE.

Invite un quatorzième.

MOUCHEL.

Il est bientôt sept heures ! où le trouver ce quatorzième ?

MADAME MOUCHEL.

Dans la maison.

MOUCHEL.

L'appartement du dessus est vacant ; au-dessous c'est une grue !

On entend Gonzague qui joue.

**MADAME MOUCHEL.**

Si tu demandais à monsieur Gonzague.

**MOUCHEL.**

L'accordeur! Y penses-tu?

**HENRIETTE.**

Il n'a pas mauvaise tournure! Après tout, il se
tiendra toujours aussi bien que le général!

**MOUCHEL.**

Ma foi! (Appelant.) Monsieur Gonzague!...

**GONZAGUE**, descendant avec sa trousse.

Voilà... C'est fini.

**MOUCHEL.**

Qu'est-ce que vous faites de votre soirée?

**GONZAGUE.**

Je rentre dans mon humble logis de prolétaire, et
je me couche de bonne heure, tout seul... le génie
est chaste!

**MADAME MOUCHEL.**

Voulez-vous nous faire le plaisir de dîner avec
nous?

**GONZAGUE.**

Je rêve!

**MOUCHEL.**

Ce n'est pas pour le plaisir du reste... On a besoin d'un quatorzième.

**GONZAGUE.**

Ah!... Je me disais aussi: « Depuis quand recon-
naît-on le mérite dans cette maison! »

**MADAME MOUCHEL**, tendant une pièce.

Accepteriez-vous un cachet de dix francs.

GONZAGUE, empochant.

Soit ! (A part.) J'aurais dîné pour rien !

MOUCHEL.

Seulement, vous n'aurez pas droit aux liqueurs et au café.

GONZAGUE.

Ah !

MOUCHEL.

Ni aux cigares... Et vous ne reprendrez pas des plats !

GONZAGUE.

Mais je ne suis pas en habit !

HENRIETTE.

Vous n'avez pas le temps de rentrer chez vous en passer un ?

GONZAGUE.

D'abord !... Et puis je n'ai pas d'habit à queue !

MOUCHEL.

C'est vrai.. Vous n'accordez que les pianos droits !.. Baste ! Vous êtes présentable comme ça ! Attendez ! Mettez ça à votre boutonnière !... Ça habille.

Il lui passe un ruban à la boutonnière.

GONZAGUE.

Vous réparez l'injustice du sort !

MOUCHEL.

Un instant ! Notre cousin, le président Bon est as-sez orgueilleux... vous cacherez votre profession !

GONZAGUE.

Je ne rougis pas de gagner ma vie ! Il y a des gentilshommes-verriers !

MOUCHEL.

Il n'y a pas eu de gentilshommes-accordeurs !...

Tiens une idée! Si on vous donnait un titre! Ça épatera les Tuquet!... Vous serez le marquis Gonzague. C'est flatteur !

GONZAGUE.

Pardon, je suis républicain.

MOUCHEL.

Vous refusez ?

GONZAGUE.

Non... Mais... c'est deux francs de plus! Merci!

MADAME MOUCHEL.

Si vous désirez faire un peu de toilette... ma fille va vous conduire.

GONZAGUE.

Volontiers!... Mademoiselle, je vous suis. (A part.) Enfin, je vais goûter aux voluptés coûteuses.


# SCÈNE IV

MOUCHEL, MADAME MOUCHEL, MONSIEUR et MADAME TUQUET, JULIE et GENEVIÈVE, puis HENRIETTE.


MADAME MOUCHEL.

Il fera très bien l'affaire!... Et puis ce soir il nous jouera du piano!... Tous les accordeurs sont anciens premiers prix du Conservatoire, c'est bien connu!

MARIE, annonçant.

Les Tuquet!

MADAME MOUCHEL.

Ils ne sont jamais en retard ces pique-assiettes-là.

Oh! Chers amis! Comme c'est gentil à vous d'arriver de bonne heure !

TUQUET.

Nous arrivons trop tôt ?

MOUCHEL.

Jamais trop tôt.

MADAME TUQUET.

Je croyais que c'était un petit dîner intime.

MADAME MOUCHEL.

Oh ! très intime : nous sommes quatorze. Il y a les Le Brizard.

TUQUET.

Les autos Le Brizard ! Je connais.

MOUCHEL.

Le vicomte La Chambotte !

TUQUET.

Très riche!... Je le connais.

MADAME MOUCHEL.

Le président Bon et sa femme.

MADAME TUQUET.

Nous les connaissons très bien !

MOUCHEL, à part.

Ils les connaissent tous ?... Attends un peu. (Haut.) Il y a aussi une surprise : notre ami, le marquis Gonzague... un grand seigneur lithuanien... Vous le connaissez ?

TUQUET.

Le marquis Gonzague ? Mais je ne connais que ça ! Un vieil ami !

MOUCHEL, stupéfait.

Hein ?

TUQUET, à part.

Ça le fait rager !

MADAME TUQUET.

A propos... votre Henriette va bien ?

MOUCHEL.

Très bien ! Elle s'habille... Dame, ce soir, il faut
qu'elle soit à son avantage.

TUQUET, bas à madame Tuquet.

Tu vois ! Quand je te le disais, qu'ils guignaient le
vicomte ! Ils nous ont devancés !

MADAME MOUCHEL.

Et vous allez encore au cours, mademoiselle Geneviève ?

GENEVIÈVE.

Chez mademoiselle Chamouillé, oui, madame.

MADAME TUQUET.

C'est une excellente pension, Geneviève s'y plaît
beaucoup !

MADAME MOUCHEL.

Votre Geneviève était très romanesque, jadis !...
Elle s'amourachait de tous ses professeurs !

MADAME TUQUET.

Elle a tout à fait changé ! (Voyant entrer Henriette.)
Ah ! voilà votre merveille ! Comme elle a engraissé !

HENRIETTE, à Geneviève et à Julie.

Ca va, mes vieux ?

GENEVIÈVE, soupirant.

Ah !

HENRIETTE.

Tu as du vague à l'âme?

JULIE.

Elle lit trop de romans! Ça lui monte la tête! Alors elle s'imagine que tout le monde est amoureux d'elle!

GENEVIÈVE.

Ne l'écoute pas! Elle est jalouse!

JULIE.

Ouiche... Tous les gens qui viennent à la pension Chamouillé : le boulanger, le fumiste, le portier, c'est des princes déguisés qui en tiennent pour elle!

HENRIETTE.

Es-tu heureuse d'avoir une imagination pareille!

GENEVIÈVE.

Ce n'est pas de l'imagination! Tiens, l'autre jour, il y avait les paveurs dans la rue!

HENRIETTE.

Eh bien !

GENEVIÈVE.

Ce n'était pas de vrais paveurs! Ils avaient l'air bien trop distingués... Et il y en avait un blond qui me regardait!

JULIE, à Henriette.

Tu vois!

GENEVIÈVE.

Je suis sûre que c'était un grand seigneur! Et puis ce n'est pas tout! Il y a quelqu'un qui est fou de moi!

HENRIETTE.

Qui ça?

GENEVIÈVE.

Quelqu'un de très bien ! qui vient souvent à la
pension sous un déguisement. Je crois que c'est un
proscrit !

JULIE.

Elle est à doucher ! ma parole !


# SCÈNE V

LES MÊMES, MARIE, LA CHAMBOTTE,
puis MONSIEUR et MADAME LE BRIZARD.


MARIE, annonçant.

Monsieur le vicomte La Chambotte.

MADAME MOUCHEL. se précipitant.

Cher monsieur !

LA CHAMBOTTE, saluant.

Madame... Mon cher Mouchel... Je parie que j'arrive le premier !

MOUCHEL, lui serrant la main.

Non... il y a déjà les Tuquet... il y a toujours les
Tuquet.

LA CHAMBOTTE, saluant.

Madame... Monsieur... Mesdemoiselles... Ah !
mademoiselle Henriette, vous n'êtes pas venue au
vernissage, tantôt... je vous ai cherchée...

HENRIETTE.

Non, j'étais au Musée du Louvre.

MOUCHEL

Henriette copie la Joconde.

MADAME MOUCHEL.

Il paraît que c'est à s'y méprendre.

TUQUET, à sa femme.

Ils lui jettent leur fille dans les bras! C'est dégoûtant. (Haut à La Chambotte.) Geneviève aussi fait de la peinture!

GENEVIÈVE.

Oh! papa!

TUQUET.

Et de la musique...

, MOUCHEL.

Henriette pyrograve et repousse du cuir...

LA CHAMBOTTE.

Que de talents! à la bonne heure!

MARIE, annonçant.

Monsieur et madame Le Brizard.

MADAME LE BRIZARD.

Chers amis! nous sommes en retard! Si vous saviez!

LE BRIZARD, vivement.

C'est la faute de la couturière, uniquement! (Sombre.) N'allez pas supposer autre chose. (Bas à sa femme.) Silence, madame!

MADAME MOUCHEL.

Vous allez vous trouver en pays de connaissance!

MOUCHEL.

Eh bien! Le Brizard, les affaires, ça va?

**LE BRIZARD,** sombre.

On ne peut mieux! Vous le voyez, j'ai le sourire sur les lèvres?

**MOUCHEL.**

Oui, à peu près!

**LE BRIZARD.**

Il y a de la tragédie dans l'air!

**MOUCHEL.**

J'espère bien que non! A qui en avez-vous?

**LE BRIZARD.**

A personne pour le moment! Réjouissons-nous. (Il remonte.) La vengeance n'en sera que plus terrible!

**MOUCHEL,** à part, le suivant.

Il a une fissure... ce n'est pas possible.

**LA CHAMBOTTE,** bas à madame Le Brizard.

Ma chère âme, je vous adore!

**MADAME LE BRIZARD,** bas.

Roger! mon mari m'épie!... Souriez comme si nous parlions de choses indifférentes.

**LA CHAMBOTTE,** souriant.

Je veux bien... mais!

**MADAME LE BRIZARD.**

Souriez mieux que ça! Là!... Mon mari sait que je le trompe.

**LA CHAMBOTTE,** navré.

Nom de Dieu!

**MADAME LE BRIZARD.**

Mais souriez donc!

LA CHAMBOTTE, souriant.

Nom de Dieu de nom de Dieu !

MADAME LE BRIZARD.

Comment l'a-t-il appris? Je l'ignore... mais il le
sait...

LA CHAMBOTTE.

C'est pour cela que vous n'êtes pas venue chez
nous comme ma lettre vous le disait !

MADAME LE BRIZARD.

Votre lettre? quelle lettre? Ah ! mon Dieu !

LA CHAMBOTTE.

Mais souriez donc !

MADAME LE BRIZARD.

Quelle lettre? Vous m'avez écrit?

LA CHAMBOTTE.

Un mot que j'ai glissé comme d'habitude, dans
votre panier à ouvrage, tantôt !

MADAME LE BRIZARD.

Qu'avez-vous écrit ?

LA CHAMBOTTE.

Rassurez-vous, rien de compromettant... pour
moi... C'est écrit à la machine.

MADAME LE BRIZARD.

Mais encore ?

LA CHAMBOTTE, bas.

Gare, votre mari ! (Haut.) Ah ! très drôle ! très drôle !

LE BRIZARD, approchant.

Vous êtes gai, vous !

LA CHAMBOTTE.

C'est votre femme qui me raconte des histoires...

LE BRIZARD.

... De mari cocu, sans doute (Madame Le Brizard s'éloigne en haussant les épaules.) La Chambotte, j'ai la rage au cœur.

LA CHAMBOTTE.

Bah! pourquoi?

LE BRIZARD.

Approchez! Approchez plus près!... et souriez... qu'on ne se doute de rien.

LA CHAMBOTTE, à part.

Voilà! Oh! être à Saint-Germain, sur la terrasse!
Les personnages sortent sauf Le Brizard et La Chambotte.

MOUCHEL.

Venez donc voir le portrait de ma femme dans mon cabinet de travail.

LE BRIZARD.

Merci, ça ne m'intéresse pas!

LA CHAMBOTTE.

Moi, ça m'intéresse vivement! J'y cours.

LE BRIZARD, la retenant.

Demeurez!... La Chambotte! Je n'avais confiance qu'en ma femme et en vous!.. Ma femme! Elle, a trompé cette confiance! Mais vous, mon ami, vous me restez!

LA CHAMBOTTE.

Oui... Oui!... (A part.) Ouf! Il ne sait rien!

BRIZARD.

Vous allez m'aider à découvrir la vérité! Tout à l'heure je rentre pour m'habiller; il me manquait un bouton de col, je vais en chercher un chez ma femme et voici la lettre que je trouve dans son panier à ouvrage!...

2

LA CHAMBOTTE, à part.

Mon poulet!

LE BRIZARD.

C'est écrit à la machine : « Ma chère Léonore, il faut que je vous voie tantôt ; si vous n'êtes pas libre, tâchez d'aller ce soir chez les Mouchel! J'y serai sûrement!

LA CHAMBOTTE, à part.

Maladroit!

LE BRIZARD.

«... Mon amour va en » et là un dessin à la plume qui représente une paire de cornes!

LA CHAMBOTTE.

Mais non, ce n'est pas des cornes! c'est un croissant.

LE BRIZARD.

Vraiment?

LA CHAMBOTTE.

Ça signifie : « Mon amour va en croissant. »

LE BRIZARD.

Vous croyez?... C'est idiot!

LA CHAMBOTTE, vexé.

Vous êtes dur!

LE BRIZARD.

L'imbécile n'a signé que d'une initiale : X.

LA CHAMBOTTE, à part.

Pas si bête!

LE BRIZARD.

X, Xénophon... ce doit être un grec! J'ai essayé d'arracher à ma femme le nom de son complice... il n'y a pas eu moyen!

LA CHAMBOTTE.

Brave Lénore!

LE BRIZARD.

Mais je le saurai malgré elle. Ce monsieur lui a
donné rendez-vous ici. Elle n'a pas eu le temps de
l'avertir. Je l'attends... je le découvre... et je le sai-
sis comme ça !

Il secoue la Chambotte.

LA CHAMBOTTE, se débattant.

Hé là ! Hé là !

LE BRIZARD.

Je l'étranglerai pendant que vous lui tiendrez les
mains !

LA CHAMBOTTE.

Comptez sur moi.

LE BRIZARD, lui serrant la main.

Merci !

LA CHAMBOTTE.

On rentre ! Souriez !

Tout le monde rentre.

MADAME LE BRIZARD, entrant de gauche, premier plan.

Oh ! ce portrait, est une merveille !

TUQUET.

Vraiment j'ignorais que M. Bonnat eût tant de ta-
lent, (A part.) comme animalier.

MADAME TUQUET.

Est-ce qu'il fait une réduction pour les familles ?

MADAME LE BRIZARD, bas à la Chambotte.

Eh bien ?

LA CHAMBOTTE.

Il ne sait rien ! Mais cristi que j'ai eu chaud !

MADAME MOUCHEL, à M. Mouchel.

Je vais chercher l'accordeur.

MOUCHEL.

Attends un peu ! Rien ne presse !

## SCÈNE VI

Les Mêmes, MARIE, BON, puis GONZAGUE.

MARIE, annonçant.

Monsieur le Président Bon !

MADAME MOUCHEL.

Mon cher Président !

BON.

Ma belle cousine ! Salut, Mouchel !

MOUCHEL.

Vous arrivez en avance, votre femme n'est pas encore là !

BON.

Je sais... elle ne viendra pas !

MADAME MOUCHEL.

Oh ! pourquoi ?

BON.

Elle a été prise de ses névralgies au moment de partir. Elle souffre atrocement; elle m'a dit : « Va tout seul ! Tu m'excuseras ! »

MOUCHEL.

Pauvre cousine !

LE BRIZARD, à la Chambotte.

La Chambotte.

LA CHAMBOTTE.

Quoi ?

LE BRIZARD.

L'amant de ma femme? Ce n'est pas le Président?

LA CHAMBOTTE.

Oh ! ce vieillard ? Quel avantage aurait-elle à vous tromper ?

LE BRIZARD.

C'est vrai !

MADAME MOUCHEL, à Mouchel.

Dis donc ! Si la cousine Bon ne vient pas, nous ne sommes plus que douze. Alors, nous n'avons plus besoin de l'accordeur.

MOUCHEL.

En effet ! S'il dîne, ça fera un mauvais compte. Ne te frappe pas. Je te le flanque dehors, ça ne va pas traîner !

GONZAGUE, passant la tête à gauche, premier plan.

Monsieur Mouchel !

MOUCHEL.

Justement le voilà !

Il va vers Gonzague.

GONZAGUE.

Est-ce le moment d'effectuer mon entrée ?

MOUCHEL.

Non. Tout est changé ! Vous ne dînez plus !

GONZAGUE.

Et pourquoi donc !

2.

MOUCHEL.

Ça ne s'arrange pas! Il manque un convive. Maintenant filez.

GONZAGUE.

Je me retire... Mais si vous voulez mon avis... je crois que Laurent de Médicis ne se serait pas conduit comme vous!

MOUCHEL.

Je ne lui demande pas son avis; ni le vôtre!  Au revoir.

Il referme la porte.

MADAME MOUCHEL.

Eh bien?

MOUCHEL.

Je l'ai congédié! Nous n'attendons plus que le notaire Pommé et on se met à table.


# SCÈNE VII

Les Mêmes, MARIE, POMMÉ, SIMÉON.

MARIE, annonçant.

Maître Pommé !

LE BRIZARD, à la Chambotte.

Ah ! C'est lui !

LA CHAMBOTTE.

Y pensez-vous? Vous savez bien que M. Pommé a eu dans son enfance un accident...

Il lui parle bas.

LE BRIZARD.

Oui!... C'est un homme de tout repos. Alors qui?
Bon Dieu, qui?

POMMÉ, saluant.

Mon bon ami!... Madame, je vous baise les mains!

LE BRIZARD, bas à la Chambotte.

On fait ce qu'on peut!

POMMÉ, à madame Mouchel.

Il faut que vous m'excusiez! J'ai commis une grave
indiscrétion.

MADAME MOUCHEL.

Vous êtes excusé d'avance!

POMMÉ.

Il m'est tombé d'Angleterre un oncle par alliance.
Il est arrivé à l'étude à six heures... je n'avais pas
le temps de vous prévenir. Ma foi, j'ai pensé que vous
ne m'en voudriez pas trop, si je vous l'amenais ?

MADAME MOUCHEL.

Ah! quelle bonne idée.

POMMÉ.

Il n'est pas encombrant. Je vais l'appeler : (A la
porte.) Old Chappie... coine here. (Siméon entre.) M. Ja-
mes Hatkins Siméon, sollicitor.

SIMÉON, saluant.

Yes!

LE BRIZARD, à La Chambotte.

C'est lui... J'en suis sûr! Je l'étrangle.

LA CHAMBOTTE.

Un instant, que diable! Réfléchissez!

LE BRIZARD.

Non ! (A siméon.) Monsieur, monsieur... Je suis Le
Brizard! Ce nom ne vous dit rien?

SIMÉON.

Yes !

LE BRIZARD.

Ah ! vous comprenez ce qu'il signifie! Il signifie
vengeance!

SIMÉON.

Yès !

LE BRIZARD.

Parfait! Vous avouez! C'est vous qui avez écrit la
lettre à ma femme?

SIMÉON.

Yès !

LA CHAMBOTTE, surpris.

Hein! C'est lui!

LE BRIZARD.

Tonnerre ! Vous me bravez ! Mais je vous tuerai,
vous entendez ! je vous tuerai!

SIMÉON.

Yès !...

POMMÉ, redescend, à Le Brizard.

Qu'est-ce que vous racontez à mon oncle?

LE BRIZARD.

Des choses qui ne regardent que lui et moi.

POMMÉ.

C'est que... je vous préviens... il ne comprend pas
un mot de français.

LA CHAMBOTTE.

Ah! c'est donc ça!

SIMÉON.

Yès !

Il parle anglais.

LE BRIZARD, à la Chambotte.

Ce n'est pas encore celui-là !

MADAME MOUCHEL, à Mouchel.

Auguste !

MOUCHEL.

Quoi ?

MADAME MOUCHEL.

Le compte n'y est plus !... Il faut trouver un quatorzième.

MOUCHEL.

Eh ! bon Dieu de bois ! Où ça ?

MADAME MOUCHEL.

S'ils voient qu'ils ne sont pas quatorze, ça jettera
un froid.

MOUCHEL.

Je ne peux pourtant pas dîner à la cuisine !

MADAME MOUCHEL.

Trouve quelque chose.


# SCÈNE VIII

LES MÊMES, GONZAGUE.

GONZAGUE, passant la tête à droite.

Monsieur ! C'est encore moi.

MOUCHEL.

Gonzague ! Sauvé !

3

GONZAGUE.

J'ai oublié ma trousse sur le piano... je viens la chercher.

MOUCHEL.

C'est le ciel qui vous envoie! Vous restez à dîner.

GONZAGUE.

Non, monsieur !

MOUCHEL.

Nous avons besoin de vous.

GONZAGUE.

Mille regrets! On a sa fierté !

MOUCHEL.

Voyons! Ne faites pas le méchant !

GONZAGUE.

Soit... Mais c'est deux francs de plus!

MOUCHEL.

Mâtin! Elle est chère votre fierté ! (Il lui donne de l'argent.) Prévenez la bonne qu'elle vous annonce.

GONZAGUE.

Bien.

Il sort.

MADAME MOUCHEL.

Tu as trouvé ?

MOUCHEL.

Oui. Tu vas voir. (Haut.) Mais... le marquis Gonzague, n'arrive pas! Lui qui est si exact d'ordinaire !

LE BRIZARD.

Le marquis Gonzague, qui est-ce ?

TUQUET.

Un grand seigneur lithuanien !

**MADAME MOUCHEL.**

Un gentilhomme fort riche que nous avons connu
cet été à Vichy.

**LE BRIZARD, bas.**

La Chambotte ! Ma femme a tressailli !

**LA CHAMBOTTE.**

Mais non ! (A part.) Il est insupportable cet animal-
là.

**MOUCHEL.**

Le marquis est si simple ! A première vue, on n'i-
maginerait pas qu'il est un des plus hauts personnages de la Cour de Russie !

**MARIE, annonçant.**

Monsieur le marquis Gonzague !

**GONZAGUE, entrant.**

Je me suis fait attendre ! Mais j'étais retenu à mon
cercle...

**MADAME MOUCHEL.**

Vous êtes tout pardonné.

**GONZAGUE.**

Mouchel ! Comment va ?

**MOUCHEL.**

Très pris, comme toujours, mon cher marquis !

**GONZAGUE.**

Et puis, vous nocez trop, farceur !

**MOUCHEL, bas.**

Dites donc ! (Haut.) Ce cher marquis ! (Bas.) Otez
mes gants. (Haut.) Venez que je vous présente M. le
président Bon.

BON.

Marquis ! Je ne vous dirai qu'un mot. Nous avons
dans la Russie une sœur !

GONZAGUE, étonné.

Ah ! Vous avez une sœur en Russie ! Une politesse
en vaut une autre, moi j'ai un frère dans la Champagne pouilleuse.

GENEVIÈVE, à Henriette.

Ah ! Mon Dieu !

HENRIETTE.

Qu'est-ce que tu as ?

GENEVIÈVE.

Tu sais bien ! Ce jeune homme si distingué, dont
je t'ai parlé qui accordait les pianos à la maison
Chamouillé !... C'est le marquis Gonzague !

HENRIETTE.

Tu es folle !

GENEVIÈVE.

Je savais bien que ce n'était pas un vrai accordeur. Il n'y est venu qu'une fois.

HENRIETTE.

Ah ! Il ne faisait peut-être pas l'affaire !

GENEVIÈVE.

Non ! C'est un noble proscrit, qui a pris ce déguisement pour pénétrer dans la pension, afin de voir
une jeune fille.

HENRIETTE.

Et cette jeune fille ?

GENEVIÈVE.

C'était moi ! Il m'a dit des mots décisifs !... Il m'a

dit : « En voilà un fichu métier que vous me faites faire ! » Et j'ai compris qu'il venait pour moi. On nous a séparés, sans ça je tombais dans ses bras ! Il a appris que je venais chez vous, ce soir. Il s'est arrangé pour me rejoindre. Il veut peut-être m'enlever, au dessert !

MOUCHEL, présentant Gonzagué.

Mademoiselle Geneviève Tuquet !

GONZAGUE, saluant.

Charmante !... Mademoiselle !

GENEVIÈVE.

Monsieur... (Bas.) Imprudent !

GONZAGUE.

S'il vous plaît ?

GENEVIÈVE.

Prenez garde, on nous guette ! Je sais ce que vous venez faire ici.

GONZAGUE, à part.

Bigre ! Me voilà brûlé !

GENEVIÈVE.

Je ne vous en veux pas ! au contraire ! Dites à la berline de nous attendre au coin de la rue !

GONZAGUE.

La berline ? Quelle berline ?

MOUCHEL.

Mon cher Gonzague... une jolie femme qui veut vous parler.

LE BRIZARD.

La Chambotte, ma femme a pâli !

LA CHAMBOTTE.

Vous avez la berlue.

LE BRIZARD.

Vous qui venez ici quelquefois, aviez-vous rencontré déjà cet oiseau-là ?

Geneviève écoute.

LA CHAMBOTTE.

Nullement !

LE BRIZARD.

Ah ! Vous voyez ! Vous devinez ce qui l'amène !

LA CHAMBOTTE.

Il vient dîner.

LE BRIZARD.

Non ! Il a un autre mobile !

GENEVIÈVE, à part.

Il a une automobile ! Il veut m'enlever dedans !

LE BRIZARD.

Mademoiselle Tuquet, est-ce la première fois que ce Gonzague dîne chez les Mouchel.

GENEVIÈVE.

Je pense que oui... (Rayonnante.) Il vient ici pour une jeune femme qu'il adore !

LE BRIZARD, furieux.

Jour de Dieu ! Comment le savez-vous ?

GENEVIÈVE, effrayée.

Je dis ça... au hasard !... Pardon ! Maman m'appelle.

Elle remonte.

LE BRIZARD.

Vous entendez ! Je suis la risée du salon !

LA CHAMBOTTE.

Calmez-vous, je vous en conjure !

MOUCHEL, amenant Gonzague.

Monsieur! Enfin voici le vicomte de **La Chambotte** et monsieur Le Brizard.

GONZAGUE.

Monsieur!

LE BRIZARD.

Enchanté de vous connaître... Voici ma carte!

GONZAGUE, la prenant sans la lire.

Merci!

LE BRIZARD.

J'attends la vôtre.

GONZAGUE.

C'est que!

LE BRIZARD.

Vous hésitez?

GONZAGUE, tendant sa carte.

La voilà! Je ne porte pas mon titre.

MOUCHEL, bas.

Otez donc mes gants.

LE BRIZARD, lisant.

« Xavier Gonzague. » (A La Chambotte.) Xavier! X...

MOUCHEL, vivement.

Qu'est-ce qu'il y a?

LE BRIZARD, sombre.

Rien! Quelque chose entre monsieur et moi!

GONZAGUE.

La sympathie qui naît!

LE BRIZARD.

Que signifie sous votre nom ce mot : « Piano. »

MOUCHEL, vivement.

C'est la devise des Gonzague! Une fière devise...

GONZAGUE.

Un mot latin qui signifie : « lentement » piano.

LE BRIZARD, amer.

A merveille! Lentement on environne de séductions une innocente femme. Lentement, on la détourne de ses devoirs!... Lentement, on la mène à sa perte! Voilà!

GONZAGUE, sans comprendre.

Voilà!

LE BRIZARD.

Mais la vérité se fait jour, piano!... la vengeance arrive pianissimo!

GONZAGUE.

Ma foi oui! (A part.) Il s'exprime très bien!

LE BRIZARD.

Et les machines à écrire ne sont pas faites pour les chiens.

GONZAGUE.

Qu'est-ce qu'ils en feraient les pauvres bêtes! (Bas à La Chambotte.) Pourquoi me parle-t-il de machines à écrire?

LA CHAMBOTTE.

Il s'intéresse beaucoup à cet ustensile!

GONZAGUE.

Ah! vraiment. Il faudra que je lui en parle !

LE BRIZARD.

Monsieur! encore un mot!

GONZAGUE, aimable.

Tant qu'il vous plaira.

LE BRIZARD.

D'abord. Souriez! que l'on ne se doute de rien.

**GONZAGUE.**

Si vous voulez.

**LE BRIZARD.**

Un mari a-t-il le droit de tuer l'amant de sa femme?

**GONZAGUE.**

Attendez!... que je réfléchisse !

**LE BRIZARD, à La Chambotte.**

Il cane!

**GONZAGUE.**

Oui! il en a le droit.

**LE BRIZARD, le regardant.**

Ah!

**GONZAGUE.**

Moi je tuerais !

**LE BRIZARD.**

Ici même?

**GONZAGUE, vivement.**

Non... on fait ça chez soi... pas chez les autres...

**LE BRIZARD, à La Chambotte.**

Il est brave!

**LA CHAMBOTTE.**

C'est un Lithuanien !

**LE BRIZARD.**

N'importe! Je tuerai ce monsieur-là !

**MADAME MOUCHEL, bas.**

On n'a pas encore servi le potage... Pour les oc-
cuper, dis donc à l'accordeur qu'il nous joue quelque chose.

**MOUCHEL.**

Bien. (Haut.) Marquis Gonzague, si vous voulez

nous faire grand plaisir, en attendant... jouez-nous
donc quelque chose?

GONZAGUE.

Non, non, pas aujourd'hui! Je ne suis pas en doigts.

MOUCHEL.

Le marquis veut se faire prier. C'est un virtuose
de premier ordre.

TOUTES LES DAMES.

Oh! Marquis! jouez-nous quelque chose?

GONZAGUE, modeste.

Vraiment, non!

MOUCHEL, bas.

Allons! vite!

GONZAGUE.

Mais je ne sais pas jouer de piano.

MOUCHEL, bas.

Tutu! Tous les accordeurs sont des prix de conservatoire.

GONZAGUE, bas.

Pas moi, je vous jure!

MADAME LE BRIZARD.

Marquis! Je vous en prie! Pour me faire plaisir!

LE BRIZARD.

Comme elle le regarde!

MOUCHEL.

Allons .. jouez ce que vous savez!

GONZAGUE, ouvrant le piano.

Soit!

TOUS.

Ah!

On s'installe.

GONZAGUE, à part.

Dieu que j'ai chaud! Qu'est-ce qui va sortir de là,
Seigneur! (Machinalement il ouvre le buffet.) Je n'ai jamais fait une gamme de ma vie.

MOUCHEL, l'arrêtant, bas.

Eh bien! Qu'est-ce que vous fichez?

GONZAGUE, bas.

L'habitude. (Haut.) Ça donne plus de son!

Il s'assied. Silence.

MADAME TUQUET.

Qu'est-ce qu'il va jouer?

TOUS.

Chut donc!

Gonzague commence à taper sur le piano.

MOUCHEL.

Comment! Il accorde le piano!

GONZAGUE, à part.

Tant pis! Ils m'arrêteront quand ils en auront
assez.

MADAME TUQUET, à madame Le Brizard.

On a beau dire! La musique nouvelle est moins
mélodique que l'ancienne!

BON.

Tout de même c'est curieux! ça a son cachet!

GONZAGUE, à part.

Que je souffre.

MARIE, ouvrant la porte du fond.

Madame est servie!

**GONZAGUE, se levant, à part.**

Sauvé.

**TOUS.**

Oh! Oh! Ne vous interrompez pas. C'était si joli !

**GONZAGUE.**

Non! Il ne faut pas laisser refroidir le potage. A table! A table !

**MOUCHEL.**

Le marquis a raison! (Bas.) C'est égal, je vous retiens, vous !

**BON, à Gonzague.**

De qui est ce joli scherzo?... car c'est un scherzo, n'est-ce pas?

**GONZAGUE.**

Oui! C'est un scherzo, de moi.

**MADAME MOUCHEL.**

A table! Marquis, votre bras !

On commence à passer à table.

**LE BRIZARD.**

Madame! tremblez! je frôle la certitude !

**MADAME LE BRIZARD.**

Monsieur! Je ne comprends pas!

**MADAME MOUCHEL.**

Maître Pommé, offrez votre bras à madame.

**MADAME LE BRIZARD.**

Non, chère amie... je ne me sens pas très vaillante... Et si vous le permettez, je ne me mettrai pas tout de suite à table.

MADAME MOUCHEL, lâchant Gonzague.

Qu'avez-vous donc?

MADAME LE BRIZARD.

Un léger malaise... Commencez sans moi! Je vous
rejoindrai tout à l'heure!

MADAME MOUCHEL, bas à Mouchel.

Auguste! Le compte est encore mauvais! Nous ne
serons plus quatorze!

MOUCHEL.

Nom d'un chien!

MADAME MOUCHEL.

Arrange ça!

MOUCHEL.

Marquis!

GONZAGUE, s'approchant.

Cher ami?

MOUCHEL.

Monsieur... Le compte n'y est plus!

GONZAGUE.

Oh! flûte!

MOUCHEL.

Vous allez vous asseoir à table... Et aussitôt assis,
vous prétexterez n'importe quoi, et vous reviendrez
ici.

GONZAGUE.

Ah! il est écrit que je ne dînerai pas ce soir.

MOUCHEL.

Pas de réplique! Marquis, vous fermez la marche.

LA CHAMBOTTE, bas, à madame Le Brizard.

Je vous répète que votre mari bat la campagne.

**MADAME LE BRIZARD.**

Mon ami, je meurs de peur, ne me laissez pas longtemps seule.

**MOUCHEL, au fond.**

Vicomte !

**LA CHAMBOTTE, entrant.**

Voilà ! Voilà !

*Les portes se ferment.*

## SCÈNE IX

### MADAME LE BRIZARD, MARIE,
puis GONZAGUE.

**MARIE.**

Madame n'a besoin de rien ?

**MADAME LE BRIZARD, prenant un livre.**

De rien, je vous remercie.

**MARIE.**

Si madame veut appeler, elle n'a qu'à sonner.

**GONZAGUE, rentrant, à part.**

J'ai eu juste le temps de me verser un verre de champagne... le patron m'a fait signe de me lever.

**MARIE.**

Tiens ! Monsieur Gonzague !... Vous n'allez donc pas dîner ?

**GONZAGUE.**

Non ! Il fait trop chaud, à côté. Et puis, je n'ai pas faim.

MARIE.

Ah! vous aviez l'air si content de rester.

GONZAGUE.

Oui.. on est content comme ça. Et ensuite, on perd l'appétit. Au festin de Mouchel, infortuné convive, j'apparais un instant et je sors.

MARIE, sortant.

Vous allez tenir compagnie à madame Le Brizard.

GONZAGUE.

Oui... Ah ! Marie, vous demanderez une coupe de champagne... Vous direz que c'est pour madame Le Brizard.

MADAME LE BRIZARD.

Tiens ! marquis ! Vous avez quitté la table ?

GONZAGUE.

En effet! (A part.) Quand je pense que c'est la faute à cette femme-là, si je ne dîne pas! Hou !

MADAME LE BRIZARD, à part.

Est-ce qu'il va rester ici !

GONZAGUE, à part.

Si je la ramenais! (Haut.) Vous ne vous sentez pas un peu mieux ?

MADAME LE BRIZARD.

Un petit peu mieux !

GONZAGUE, vivement.

Alors, pourquoi n'allez-vous pas dans la salle à mganer, avec tout le monde ?

MADAME LE BRIZARD.

Parce que je ne suis pas encore assez bien.

GONZAGUE.

Allons! Un petit effort, voyons!... l'appétit viendra en mangeant!

MADAME LE BRIZARD.

Inutile d'essayer!

GONZAGUE.

Vous devriez y aller... par politesse d'abord!...
Les Mouchel ont fait des frais! Ça les chagrine de
voir qu'on n'en profite pas!

MADAME LE BRIZARD.

Mais... vous me donnez des leçons!

GONZAGUE.

Loin de moi la pensée! Du reste votre absence in-
quiète tout le monde. Tenez, Mouchel fait une tête
longue comme ça! Il me ronge cet homme.

MADAME LE BRIZARD.

Et mon mari!

GONZAGUE.

Ah! vous êtes mariée! Et votre mari n'est pas là,
près de vous à vous dorloter?

MADAME LE BRIZARD.

Il n'y pense guère!

GONZAGUE.

Franchement, ce serait plutôt sa place que la
mienne! Voulez-vous que je le fasse appeler par la
bonne?

MADAME LE BRIZARD.

Non! Non!

GONZAGUE.

Bien. Alors, je reste!

MADAME LE BRIZARD.

Je vous en prie, ne restez pas à cause de moi.

GONZAGUE.

Pardon ! C'est à cause de vous que je dois rester !

MADAME LE BRIZARD.

On n'est pas plus galant !

GONZAGUE.

Je suis comme ça ! (Consultant un menu.) On en est
à la « Croustade de homard. »

MARIE, entrant.

La coupe de champagne pour madame !

MADAME LE BRIZARD.

Je n'avais rien demandé !

GONZAGUE, prenant la coupe.

Si... Si... Si ! Laissez cela ! Et allez chercher une
croustade pour madame.

Marie sort.

MADAME LE BRIZARD.

Je n'ai ni faim ni soif.

GONZAGUE, buvant la coupe.

Bah ! Rien ne se perd !

MADAME LE BRIZARD.

Vous êtes rempli d'attention, monsieur !

GONZAGUE.

J'ai du savoir-vivre...

MADAME LE BRIZARD.

Comme tous les grands seigneurs.

GONZAGUE.

Si vous voulez ! (A part.) Ça c'est une petite femme
qui marche !

MADAME LE BRIZARD.

Vous menez une existence très mondaine ?

GONZAGUE.

Je vais beaucoup dans les salons (A part.) dans la
journée.

MADAME LE BRIZARD.

Les Mouchel sont de charmantes gens ! et qui sa-
vent recevoir.

GONZAGUE.

Vous trouvez ? Moi, pas !... C'est bien la dernière
fois que je dîne chez eux, allez ! Quel service ! Et
puis ils reçoivent du drôle de monde !

MADAME LE BRIZARD.

Vous êtes sévère !... Ainsi M. et madame Bon !...
le vicomte La Chimbotte.

GONZAGUE.

Ce petit idiot ? Ce petit claqué... fatigué d'être
mouche. Figurez-vous qu'on l'a invité pour lui caser
la fille de la maison.

MADAME LE BRIZARD.

On veut le marier ?

GONZAGUE.

Je vous crois... Il paraît que le jeune homme est
cramponné par une femme mariée qu'il veut lâcher !

MADAME LE BRIZARD.

Qui vous a raconté ça ?

GONZAGUE.

Les bons Mouchel ! C'est un drôle de monde,
hein ! C'est comme ce grand barbu qui a l'air si
mauvais... je ne sais plus son nom... enfin, celui

qui vend des autos... Il a une terrine qui ne me revient pas! S'il est marié, celui-là, il doit sûrement en porter!

MADAME LE BRIZARD.

Charmant!

GONZAGUE.

Pourquoi riez-vous ?

MADAME LE BRIZARD.

Parce que c'est mon mari!

GONZAGUE.

Oh!... Je crois que j'ai fait une gaffe! Madame, je suis confus!

MADAME LE BRIZARD.

Mais non! Vous m'avez beaucoup amusée!

GONZAGUE.

Si j'amuse tout le monde comme ça, voilà une maison où je ne moisirai pas!


# SCÈNE X

Les Mêmes, LE BRIZARD.


LE BRIZARD, entrant.

Ensemble! J'en étais sûr!

GONZAGUE, à part.

Le mari! Il faut que je sois aimable. (Haut.) Entrez donc. Nous parlions de vous!

LE BRIZARD.

Pas possible!

GONZAGUE.

Vous n'avez pas idée de la sympathie que j'ai pour
vous, cher monsieur !

LE BRIZARD, amer.

Ah ! elle est réciproque, monsieur ! (A sa femme.)
Comment allez-vous ?

MADAME LE BRIZARD.

Un peu mieux... Le bruit me fatiguait...

LE BRIZARD.

Je vous trouve en agréable compagnie !

GONZAGUE.

Trop aimable.

LE BRIZARD, à part.

Tartufe !

GONZAGUE, à part.

Tiens ! Ils ne sont plus que onze, dans la salle à
manger. Je rentre.

LE BRIZARD, l'arrêtant.

Un mot encore, monsieur le marquis !

GONZAGUE.

A votre service, mais faites vite.

LE BRIZARD.

Je suis votre jeu depuis longtemps !

GONZAGUE.

Ah ! (A part.) J'ai dû accorder dans son entourage !

LE BRIZARD.

Vous êtes très fort !

GONZAGUE.

Mon Dieu ! le tout est de frapper au bon endroit et

de saisir la vibration. Avec un doigt, vous en feriez
autant que moi!

LE BRIZARD, entre ses dents.

Goujat!

GONZAGUE.

Du reste... puisque vous vous intéressez à la machine à écrire, c'est un peu le même toucher...

LE BRIZARD, éclatant.

Jour de Dieu! Assez de bravade! Assez de cynisme!
Sortez!

GONZAGUE, se sauvant.

Et moi qui croyais lui faire plaisir! Quel sauvage!

Il sort.

LE BRIZARD, le poursuivant.

Je vous tuerai, monsieur! (A sa femme.) Madame,
cet homme est votre amant!

MADAME LE BRIZARD.

Par exemple, cette caricature?

LE BRIZARD.

N'essayez pas de me donner le change. C'est l'avis
de La Chambotte, que j'ai consulté...

MADAME LE BRIZARD.

Pourquoi ne serait-ce pas plutôt La Chambotte!

LE BRIZARD.

C'est ça! Accusez mon ami! Il vous gêne, hein?
Celui-là, j'en réponds! Quant à l'autre... je le grise...
je le force à avouer... Et alors... je vous soignerai
tous les deux!

# SCÈNE XI

LES MÊMES, MARIE, MADAME BON, puis LA
CHAMBOTTE.


**MARIE, entrant.**

Par ici, madame Bon !... On n'en est qu'au faisan !

**MADAME BON.**

Chère petite amie !... M. Le Brizard !... Mes névralgies m'ont quittée... aussi je rejoins le Président.

**LE BRIZARD.**

Allons, tant mieux !

**MADAME BON.**

Mais... vous êtes souffrante ?

**MADAME LE BRIZARD.**

Oui... une contrariété !

**MADAME BON.**

Et votre mari vous tient compagnie ! Quel gentil
ménage ! c'est touchant !

**MADAME LE BRIZARD.**

Il veut absolument me soigner !

**LA CHAMBOTTE, entrant.**

Allo ! Le Brizard ! Vous venez ? (saluant.) Madame.

**LE BRIZARD.**

Tenez donc compagnie à ma femme. (Bas.) Tâchez
de lui arracher des confidences.

**LA CHAMBOTTE.**

Entendu !

LE BRIZARD, à madame Bon.

Votre bras, chère madame?

MADAME BON, sortant avec lui.

Etes-vous heureux d'avoir une femme pareille! Il
n'y a pas beaucoup de maris comme vous!

LE BRIZARD.

Il y en a plus qu'on ne croit!

Ils sortent.


# SCÈNE XII


## MADAME LE BRIZARD, LA CHAMBOTTE,
### puis GONZAGUE.


MADAME LE BRIZARD.

Ah! non, non! Je n'ai jamais eu de remords de
tromper cet homme-là! Mais si j'en avais eu, comme
je les regretterais

LA CHAMBOTTE.

Pas si haut!

MADAME LE BRIZARD.

Il soupçonne qui? Le rasta qui joue du piano.

LA CHAMBOTTE.

Bravo!

MADAME LE BRIZARD.

Comment, vous laissez accuser un innocent?

LA CHAMBOTTE.

Ça n'a pas d'importance!... Les Mouchel se sont fi-
chus de nous. J'ai fait causer la bonne; leur Gonzague est un pauvre diable d'accordeur.

MADAME LE BRIZARD.

Et comme c'est flatteur que l'on me croie capable d'avoir un faible pour un accordeur !

LA CHAMBOTTE.

Mais non ! Tout le monde sait bien ici, que c'est moi votre amant !

MADAME LE BRIZARD.

Charmant !

LA CHAMBOTTE.

Je vais vous le prouver à l'instant même.

*Il s'approche.*

MADAME LE BRIZARD.

Non ! Laissez-moi... quelle imprudence !

LA CHAMBOTTE.

Ils sont tous à table... Lénore, vous avez le record des épaules pour la France et l'étranger...

MADAME LE BRIZARD, se débattant.

Voyons ! Roger !... Quel fou !

LA CHAMBOTTE, l'embrassant sur l'épaule.

Je vous adore !

*Gonzague paraît.*

GONZAGUE, un peu gris.

Tiens !

MADAME LE BRIZARD.

Perdue !

LA CHAMBOTTE.

Mais non ! c'est l'accordeur !

GONZAGUE.

Ça ne sera rien, hein !

LA CHAMBOTTE.

Monsieur... si vous avez le malheur de parler de
ce que vous avez vu! Je vous casse les reins!

GONZAGUE.

C'est curieux comme on est hospitalier ici!

LA CHAMBOTTE.

Vous m'avez compris?

GONZAGUE.

Je ne sais ce que vous voulez dire... Je n'ai rien
vu! Je suis un homme du monde.

LA CHAMBOTTE.

Bon. Je rentre dans la salle à manger.

Il sort.

GONZAGUE.

Si vous voulez! mais ça ne fera plus le compte;
ils sont déjà douze... car il est arrivé une vieille dame
qui m'a forcé à quitter la table. Je n'ai pas de chance!
J'arrive toujours entre deux plats... Pourtant votre
mari m'a versé de tous les vins! Quel hommme charmant!

MADAME LE BRIZARD.

Seigneur! Il est gris!

GONZAGUE.

Comme ça! on la laisse toute seule la chère petite
dame! Faut avouer que quand il y a de la compagnie...
Je n'ai rien vu! je suis un homme du monde!

MADAME LE BRIZARD.

Monsieur!

GONZAGUE.

Je n'ai rien vu! Je suis un homme du monde. Allez, je comprends le sentiment.

MADAME LE BRIZARD.

Il devient familier!

GONZAGUE.

Moi aussi, j'aurais aimé une petite camarade comme
vous! car vous êtes vraiment jolie, vous savez!

MADAME LE BRIZARD, désolée.

Le voilà galant!

GONZAGUE.

Non, sans compliment! Vous me plaisez tout à fait!
et je suis difficile!

MADAME LE BRIZARD.

Monsieur! Eloignez-vous je vous en prie!

GONZAGUE.

Pourquoi?

MADAME LE BRIZARD.

Si mon mari vous surprenait!

GONZAGUE,

Ne craignez rien! Il m'adore votre mari, il m'a fait
boire, comme un homme du monde! Je ne suis pas
mal! Mais l'âme voyez-vous, c'est ce que j'ai de mieux
dans la figure! Aimez-moi !

MADAME LE BRIZARD.

Vous perdez la tête... j'appelle!

GONZAGUE, à genoux.

Madame! j'ai besoin d'amour! j'ai besoin d'une
âme sœur bien en chair!... aimez-moi! aimez-moi!

# SCÈNE XIII

Les Mêmes, LE BRIZARD, puis TOUS.

LE BRIZARD, entrant.

Mille tonnerres !

Il court sur Gonzague.

MADAME LE BRIZARD.

Mon mari !

GONZAGUE, se sauvant, poursuivi par Le Brizard.

Au secours ! A moi ! A moi !

LE BRIZARD.

Je savais bien que c'était vous ! Je vous tuerai !

GONZAGUE et MADAME LE BRIZARD.

A moi ! au meurtre !

LA CHAMBOTTE, entrant.

Qu'y a t-il ?

Il saisit Le Brizard.

LE BRIZARD.

Lâchez-moi ! Je veux sa peau ! je veux sa peau !

GONZAGUE, réfugié sur le piano.

Tenez bon ! Défendez-moi !

MOUCHEL, avec tout le monde.

On s'égorge.

MADAME MOUCHEL.

On assassine ! Président, accourez !

BON.

Messieurs ! Voyons ! Messieurs !

LE BRIZARD.

Lâchez moi ! Que je l'étrangle !

BON.

Silence ! Que s'est-il passé ?

LE BRIZARD.

Il s'est passé que j'ai trouvé ce misérable aux pieds
de ma femme !

GONZAGUE, bas, à madame Le Brizard.

Sauvez-moi, ou je dis tout !

MADAME LE BRIZARD.

Si monsieur m'avait donné le temps de lui expli-
quer... c'est très simple.

GONZAGUE.

C'est très simple !

LE BRIZARD.

Je veux sa peau !

BON.

Silence !... Parlez, madame !

MADAME LE BRIZARD.

Oui, monsieur était à mes pieds !

LE BRIZARD.

Sa peau ! Sa peau !

TOUS.

Chut !

MADAME LE BRIZARD.

Il me présentait une requête !

LA CHAMBOTTE.

Très bien !

MADAME LE BRIZARD.

M. Gonzague aime une jeune fille !

GENEVIÈVE, à part.

Ah ! sainte Mère de Dieu !

**MADAME LE BRIZARD.**

Et je dois supplier en son nom les parents de la lui accorder.

GONZAGUE, à part.

Bien imaginé !

LE BRIZARD.

C'est faux ! Qui est la jeune fille d'abord !

GENEVIÈVE, s'avançant.

Arrêtez ! C'est moi !

TOUS.

Ah !

TUQUET et MADAME TUQUET.

Geneviève ?

GONZAGUE, à part.

Oh ! elle est raide.

GENEVIÈVE.

Oui, moi ! Que M. Gonzague aime en secret depuis des mois ! de l'amour le plus pur, le plus noble, le plus discret !

GONZAGUE.

Ah ! pauvre jeune fille !

GENEVIÈVE.

Gonzague... infortuné proscrit ! Devant tous, je déclare que je suis votre fiancée.

Elle l'embrasse.

GONZAGUE.

Hein !

TOUS.

Ah ! Oh !

TUQUET, à Gonzague.

Un instant ! Quelle est votre fortune, monsieur ?

GONZAGUE.

Ma fortune? Hem! Peuh! Je n'en connais pas le chiffre. N'est-ce pas, madame Le Brizard!

MADAME LE BRIZARD, à La Chambotte.

Il a notre secret? dotez le!

TUQUET.

Enfin, monsieur, avez-vous des rentes!

GONZAGUE, comptant sur ses doigts.

J'ai... J'ai... voyons! j'ai...

LA CHAMBOTTE, bas.

Deux mille de rentes... Je m'en charge!

GONZAGUE.

Bien. (Haut.) J'ai deux mille cinq cents francs de rente.

TUQUET, avec une grimace.

C'est tout?

GONZAGUE, regardant La Chambotte.

Mettons 3,000.

LA CHAMBOTTE, vivement.

3,000, pas un sou de plus!

TUQUET, vivement.

Monsieur... vous aimez Geneviève?

GONZAGUE.

Il paraît!

TUQUET.

Vous voulez l'épouser? Accordé!

GONZAGUE.

C'est quatre francs!... Non! c'est entendu!

Il va vers Geneviève.

**TOUS.**

A table ! A table !

**MADAME MOUCHEL.**

Venez, les enfants !

**GENEVIÈVE.**

Je reste ici avec mon fiancé.

**MOUCHEL.**

Ah ! non... ça ne ferait plus le compte... Venez, monsieur Gonzague !

**GONZAGUE.**

Enfin ! Je vais pouvoir manger !

Rideau.

FIN

Imprimerie générale de Châtillon-sur-Seine. — A. PICHAT.